La Cenicienta rebelde

Ann Jungman

Ilustraciones de Javier Olivares

ediciones sm Joaquín Turina 39 28044 Madrid

Primera edición: octubre 1993
Séptima edición: septiembre 2000

Dirección editorial: María Jesús Gil Iglesias
Colección dirigida por Marinella Terzi
Ilustraciones: Javier Olivares
Traducción del inglés: Paz Barroso

Título original: *Cinderella and the hot air balloon*

Comercializa: CESMA, SA - Aguacate, 43 - 28044 Madrid

ISBN: 84-348-4095-2
Depósito legal: M-30012-2000
Preimpresión: Grafilia, SL
Impreso en España / *Printed in Spain*
Orymu, SA - Ruiz de Alda, 1 - Pinto (Madrid)

Para Cressida y Hugh A. J.
Para Lisa y Natalie Mort R. A.

Hace mucho tiempo,
en un país lejano
vivía un rico comerciante
con sus tres hijas.
A las dos hijas mayores,
Herminia y Esmeralda,
les gustaba peinarse,
probarse vestidos,
pintarse las uñas y charlar.

Bla Bla

Clementa, la pequeña,
era diferente.
Prefería trepar a los árboles,
montar a caballo sin silla,
patinar sobre una fina capa de hielo
y correr descalza.

Y lo que más le divertía
era hablar con Cocinera
y las demás criadas
en la cocina,
junto al fuego.
A menudo asaban patatas
y se las comían
con mucha mantequilla,
que les chorreaba por los dedos.

—¡Mira que pasarte el día
hablando con el servicio,
cuando podrías estar aquí arriba
con nosotras!
–le reprochó Esmeralda un día.

—Te pasas tanto tiempo en la cocina,
junto a las cenizas,
que te vamos a llamar Cenicienta
en lugar de Clementa
–se burló Herminia.

—No me importaría nada
–respondió Clementa riéndose–.
Ese nombre me gusta más que el mío.
¡Clementa es tan vulgar!

Así que,
a partir de entonces,
la llamaron Cenicienta.

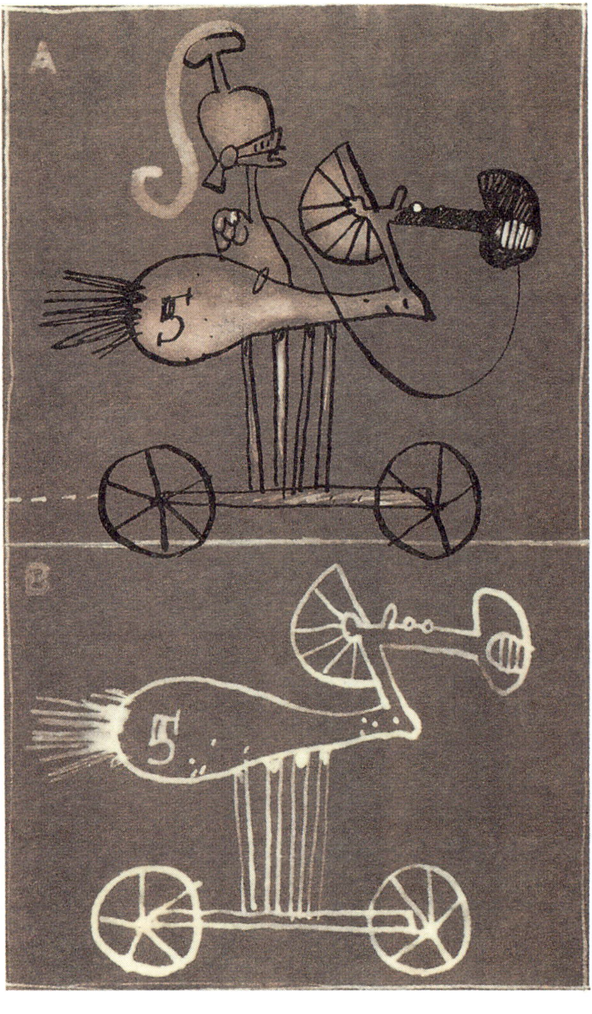
A
5
B
5

Un día, llegó a su casa
un mensajero.
Traía invitaciones para un baile
que se iba a celebrar en palacio.

—¡Qué divertido!
–comentó Esmeralda–.
Me pondré un traje de seda verde
y un collar de brillantes.
—Yo, mi traje de satén violeta
y las esmeraldas de mi querida madre
–añadió Herminia.

—¡Qué rollo!
–murmuró Cenicienta–.
Yo no pienso ir.

La noche del baile,
Esmeralda y Herminia estaban arregladas y listas para salir.

—¿Dónde se habrá metido Clementa? –se preguntó su padre suspirando–. Iré a buscarla.

La encontró arrebujada en la cama.

—Padre, no me encuentro bien –se excusó ella–. Tendréis que ir sin mí. ¡Que os lo paséis bien!

En cuanto la carroza se alejó,
Cenicienta saltó de la cama
y bajó corriendo a la cocina.

—¡No me apetecía ni un pimiento
ir a ese baile tan aburrido! –gritó–.
Prefiero quedarme aquí
con vosotras
y comer patatas asadas.

A
B
C

En ese momento,
apareció el hada madrina
de Cenicienta.

ZAAM

—¡No estés triste, Cenicienta!
–exclamó–.
Tú también podrás ir al baile.
—No, por favor, Hada Madrina
–rogó Cenicienta–.
Te prometo que no he ido
porque no quería ir.

—¿Me estás diciendo
que no quieres ponerte
un maravilloso traje de fiesta
y unos preciosos zapatos de cristal?

SHAAM

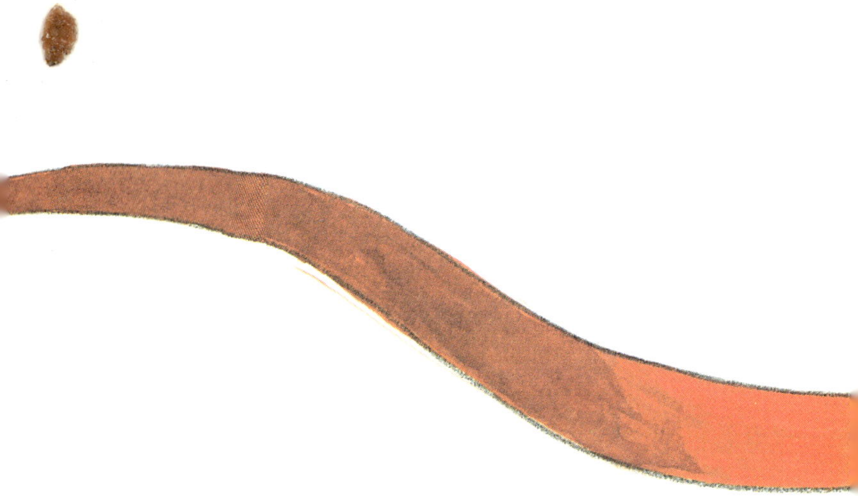

—Pues sí, madrina,
no los quiero
–contestó Cenicienta–.
Ya tengo muchos.
Pero las doncellas y Cocinera
nunca han tenido vestidos de fiesta.
Por favor, házselos a ellas.
Hada Madrina hizo
lo que Cenicienta le pidió.

Y más aún.
Cenicienta le sugirió
que transformara una calabaza
en una carroza;
y unos ratones,
en cocheros.
Así, las criadas podrían
salir esa noche
y pasárselo fenomenal.
Y Hada Madrina también lo hizo.

Entonces,
las doncellas y Cocinera
se metieron en la carroza
y salieron a dar una vuelta
por toda la ciudad.

Se divirtieron tanto que,
cuando la carroza volvió a pasar
por delante de la casa,
Hada Madrina decidió irse con ellas.

1
5
4
5
3

Cenicienta se quedó en la cocina
asando patatas
y preparando una rica sopa
de calabaza.

Finalmente,
regresaron los viajeros
y entraron en casa.

—¿Y ahora qué hacemos?
–preguntó Cocinera.

—¿Por qué no organizamos un baile?
–propuso Cenicienta–.
Hada Madrina,
¿podrías transformar
unas ranas en músicos,
para tener nuestra propia orquestina?

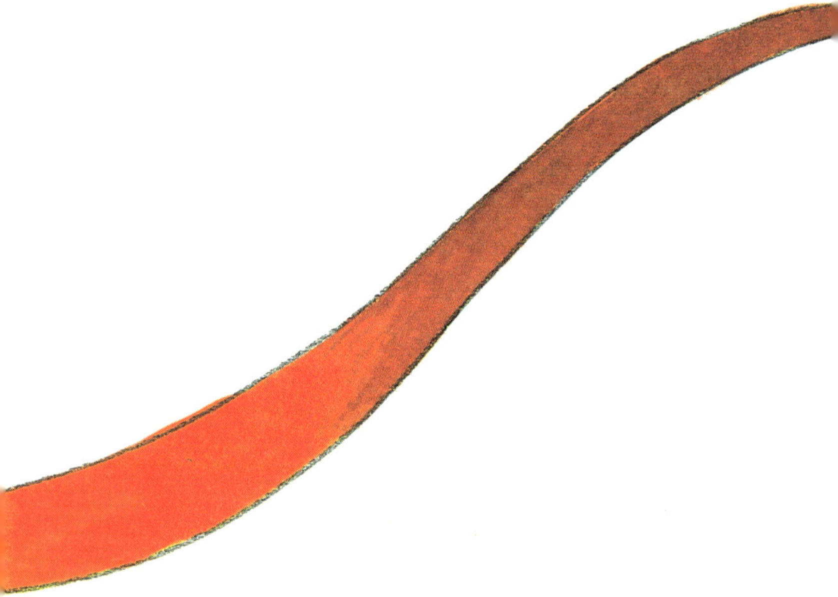

—De acuerdo
–respondió Hada Madrina–.
Y también transformaré
unas cuantas ranas
en jóvenes apuestos,
para que tengáis todas
pareja de baile.

ZAAAM

JAZZ
1
2
3

La orquestina de ranas
tenía dos trompetas,
un bajo,
un batería
y el mejor pianista
que jamás se haya oído.
De manera que todos
se animaron enseguida.

Los vecinos,
que oían la música,
también decidieron
unirse a la fiesta.

Al cabo de un tiempo,
había tanta gente
que no cabían dentro;
así que salieron a bailar al jardín.

BLA
BLA

El bullicio de la fiesta llegaba ya
hasta el palacio.
Los invitados del rey
empezaron a marcharse del baile
para acudir a la fiesta
de Cenicienta.
La gente se lo pasaba tan bien,
que hasta el rey y la reina
acabaron por unirse a ella.

Cenicienta se subió a un árbol
y contempló su fiesta,
sintiéndose muy satisfecha.

Al cabo de un rato,
se acercó un joven
que tenía una cara muy triste
y se sentó al pie del árbol.

Cenicienta se descolgó
por las ramas
y se sentó a su lado.

—Hola. Me llamo Cenicienta
y ésta es mi fiesta.
Bueno, casi... –le dijo.

—Yo soy Príncipe Encantado
–contestó el joven suspirando–.
¡Qué nombre tan horrible!
¿Verdad?

—Pues elígete otro –le dijo Cenicienta–. Cada persona debería hacer lo que quisiera.

—¡Me gustaría tanto llamarme Pepe! –le confesó él.

—Es un nombre precioso
–afirmó Cenicienta–.
¡Anda, Pepe,
vamos a bailar con los demás!

—Si tú quieres que baile,
bailaré –dijo Pepe–.
Pero a mí lo que de verdad me gusta
es trepar a los árboles,
montar a caballo sin silla,
patinar sobre una fina capa de hielo
y correr descalzo.

—¡A mí también!
–exclamó Cenicienta–.
Escapémonos juntos
y así podremos hacer
las cosas que nos gustan
todo el día.

—Mi padre no me dejaría.
Y cuando me encontrara...
¡Estaría metido en un buen lío!
–se lamentó Pepe–.
¡Oh, no! –soltó de repente
al ver al rey en la fiesta.

En ese mismo momento,
Cenicienta vio
que se acercaban
su padre y sus hermanas.
—¡No te preocupes, Pepe!
–gritó–.
Tú busca una calabaza grande
mientras yo voy por Hada Madrina.

5

Cuando la encontró,
Cenicienta tuvo que
llevársela a rastras
lejos del baile.

—Hada Madrina,
ahora sí que necesito tu ayuda.
Por favor, transforma esta calabaza
en un inmenso globo
todo lo deprisa que puedas
–le pidió Cenicienta.

Hada Madrina
agitó su varita mágica
y, en medio del jardín,
apareció un precioso globo
de muchos colores.

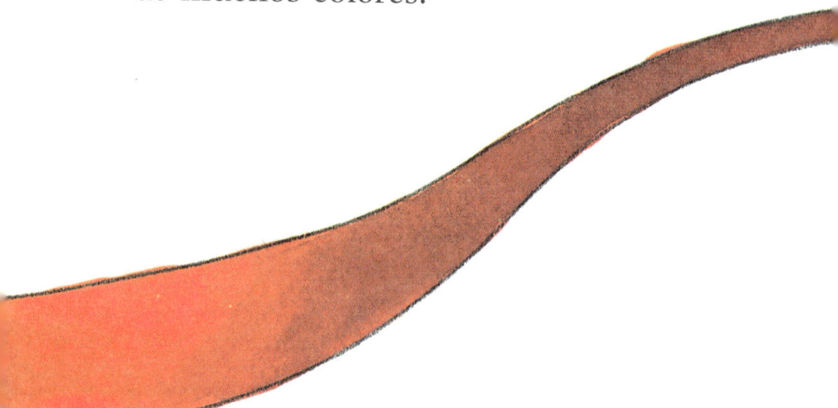

3 2
SHAAAM

—Sube, date prisa, Pepe
–gritó Cenicienta al príncipe
cuando el globo
empezó a elevarse por los aires.

—¡Vuelve aquí ahora mismo!
–le ordenaron su padre
y sus hermanas.
—¡Encantado, ven aquí!
–chilló el rey–.
O no te perdonaré nunca.

1
2
3
4
5
6

—¡Adiós, Cenicienta!
–le decía la gente.

Cenicienta y Pepe agitaban la mano para despedirse de sus amigos.

—Adiós, os escribiremos
–les prometieron.

Y el globo se alejó
hasta desaparecer de su vista.

EL BARCO DE VAPOR

SERIE BLANCA (primeros lectores)

1 / *Pilar Molina Llorente,* **Patatita**
2 / *Elisabeth Heck,* **Miguel y el dragón**
4 / *Tilman Röhrig,* **Cuando Tina berrea**
5 / *Mira Lobe,* **El fantasma de palacio**
6 / *Carmen de Posadas,* **Kiwi**
7 / *Consuelo Armijo,* **El mono imitamonos**
8 / *Carmen Vázquez-Vigo,* **El muñeco de don Bepo**
9 / *Pilar Mateos,* **La bruja Mon**
10 / *Irina Korschunow,* **Yaga y el hombrecillo de la flauta**
11 / *Mira Lobe,* **Berni**
12 / *Gianni Rodari,* **Los enanos de Mantua**
13 / *Mercè Company,* **La historia de Ernesto**
14 / *Carmen Vázquez-Vigo,* **La fuerza de la gacela**
15 / *Alfredo Gómez Cerdá,* **Macaco y Antón**
16 / *Carlos Murciano,* **Los habitantes de Llano Lejano**
17 / *Carmen de Posadas,* **Hipo canta**
18 / *Dimiter Inkiow,* **Matrioska**
19 / *Pilar Mateos,* **Quisicosas**
20 / *Ursula Wölfel,* **El jajilé azul**
21 / *Alfredo Gómez Cerdá,* **Jorge y el capitán**
22 / *Concha López Narváez,* **Amigo de palo**
23 / *Ruth Rocha,* **Una historia con mil monos**
24 / *Ruth Rocha,* **El gato Borba**
25 / *Mira Lobe,* **Abracadabra, pata de cabra**
26 / *Consuelo Armijo,* **¡Piiii!**
27 / *Ana María Machado,* **Camilón, comilón**
28 / *M. Beltrán/T. M. Boada/R. Burgada,* **¡Qué jaleo!**
29 / *Gemma Lienas,* **Querer la Luna**
30 / *Joles Sennell,* **La rosa de san Jorge**
31 / *Eveline Hasler,* **El cerdito Lolo**
32 / *Otfried Preussler,* **Agustina la payasa**
33 / *Carmen Vázquez-Vigo,* **¡Voy volando!**
34 / *Mira Lobe,* **El lazo rojo**
35 / *Ana María Machado,* **Un montón de unicornios**
36 / *Ricardo Alcántara,* **Gustavo y los miedos**
37 / *Gloria Cecilia Díaz,* **La bruja de la montaña**
38 / *Georg Bydlinski,* **El dragón color frambuesa**
39 / *Joma,* **Un viaje fantástico**
40 / *Paloma Bordons,* **La señorita Pepota**
41 / *Xan López Domínguez,* **La gallina Churra**
42 / *Manuel L. Alonso,* **Pilindrajos**
43 / *Isabel Córdova,* **Pirulí**
44 / *Graciela Montes,* **Cuatro calles y un problema**
45 / *Ana María Machado,* **Abuelita aventurera**
46 / *Pilar Mateos,* **¡Qué desastre de niño!**
47 / *Barbara Brenner y William H. Hooks,* **El León y el Cordero**
48 / *Antón Cortizas,* **El lápiz de Rosalía**
49 / *Christine Nöstlinger,* **Ana está furiosa**
50 / *Manuel L. Alonso,* **Papá ya no vive con nosotros**
51 / *Juan Farias,* **Las cosas de Pablo**
52 / *Graciela Montes,* **Valentín se parece a...**
53 / *Ann Jungman,* **La Cenicienta rebelde**
54 / *Maria Vago,* **La cabra cantante**
55 / *Ricardo Alcántara,* **El muro de piedra**
56 / *Rafael Estrada,* **El rey Solito**
57 / *Paloma Bordons,* **Quiero ser famosa**
58 / *Lucía Baquedano,* **¡Pobre Antonieta!**
59 / *Dimiter Inkiow,* **El perro y la pulga**
60 / *Gabriella Kesselman,* **Si tienes un papá mago**
61 / *Rafik Schami,* **La sonrisa de la luna**
62 / *María Victoria Moreno,* **¿Sopitas con canela?**
63 / *Xosé Cermeño,* **Nieve, renieve, requetenieve**
64 / *Sergio Lairla,* **El charco del príncipe Andreas**
65 / *Ana María Machado,* **El domador de monstruos**
66 / *Patxi Zubizarreta,* **Soy el monstoo...**
67 / *Gabriela Keselman,* **Nadie quiere jugar conmigo**
68 / *Wolf Harranth,* **Concierto de flauta**
69 / *Gonzalo Moure,* **Nacho Chichones**